BIBLIOTECA
MARCHA CRIANÇA

LÚCIA TULCHINSKI

# O PORTA-LÁPIS ENCANTADO

ILUSTRAÇÕES
DAISY STARTARI

editora scipione

Esta edição possui o mesmo texto ficcional das edições anteriores.
Este livro foi originalmente publicado na Coleção Cabra-cega, da editora Scipione.

*O porta-lápis encantado*
**Diretoria de conteúdo e inovação pedagógica** Mário Ghio Júnior
**Diretoria editorial** Lidiane Vivaldini Olo
**Gerência editorial** Paulo Nascimento Verano
**Edição** Elza Mendes

**Arte**
Ricardo de Gan Braga (superv.), Soraia Pauli Scarpa (coord.) e Thatiana Kalaes (assist.)
**Projeto gráfico** Gláucia Correa Koller, Soraia Scarpa (adaptação)

**Revisão**
Hélia de Jesus Gonsaga (ger.), Rosângela Muricy (coord.), Barbara Molnar, Brenda Morais e Gabriela Lubascher Miragaia (estags.)

**Iconografia**
Sílvio Kligin (superv.), Cesar Wolf e Fernanda Crevin (tratamento de imagem)

CIP-BRASIL. CATALOGAÇÃO NA FONTE
SINDICATO NACIONAL DOS EDITORES DE LIVROS, RJ

T83p
4. ed.

Tulchinski, Lúcia
O porta-lápis encantado / Lúcia Tulchinski ; ilustrações Daisy Startari. - 4. ed. - São Paulo : Scipione, 2015.
24 p. : il. ; (Biblioteca Marcha Criança)

ISBN 978-85-262-9808-8

1. Ficção infantojuvenil brasileira. I. Startari, Daisy. II. Título. III. Série.

15-25712 CDD: 028.5
CDU: 087.5

Código da obra CL 739200
CAE 553883

2018
4ª edição
9ª impressão
Impressão e acabamento: Vox Gráfica

editora scipione

Direitos desta edição cedidos à Editora Scipione S.A., 1994
Avenida das Nações Unidas, 7221
Pinheiros – São Paulo – SP – CEP 05425-902
Tel.: 4003-3061 / atendimento@scipione.com.br
www.scipione.com.br

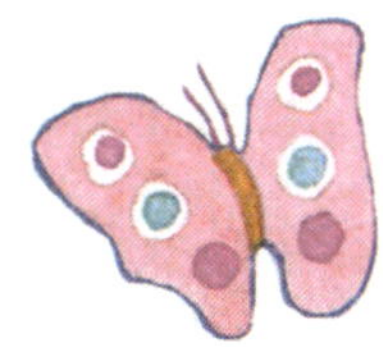

Téo era um gnomo muito inteligente. Entendia a língua dos animais, dos insetos, das flores, das árvores, das pedras, das águas e dos ventos. Era a mais sábia das criaturinhas da Floresta dos Troncos Amarelos. Todos lhe pediam explicações e conselhos: Dona Coruja, Vovô Macaco, Seu Tamanduá e até Doutor Tatu.

Óculos sobre o nariz, gorro amarelo na cabeça, calças vermelhas folgadas: lá ia ele em expedições à busca de novos conhecimentos. A floresta era tão grande, tantos seres viviam ali, que sempre havia algo para aprender.

Num belo dia de primavera, Téo animou-se tanto com um passeio pelo Vale das Orquídeas, que avançou além dos limites conhecidos. Veio a noite e, com ela, os perigos do escuro. Faminto, com frio e cansado, Téo descobriu que estava em apuros. A caminhada de volta à floresta seria muito longa. O melhor a fazer era encontrar um abrigo seguro. Caminhando com dificuldade, ele chegou a uma trilha de cascalho. Resolveu segui-la para ver onde terminava.

Após muitas horas, Téo avistou uma bonita casinha de madeira que soltava uma fumaça cheirosa pela chaminé. Aproximando-se com cuidado, ele resolveu dar uma espiadinha pela janela que estava aberta. Deu de cara com um gato vesgo que nem lhe deu bola.

"Bom sinal. Ele não estranhou minha presença", pensou.

Então, Téo resolveu entrar na casa pela janela mesmo. Lá dentro estava quente e muito aconchegante: o lugar perfeito para um gnomo perdido! Caminhando pelo tapete felpudo com suas perninhas ágeis, Téo logo descobriu quem era o dono da casa: um senhor gordo, de barbas ruivas, que cochilava gostosamente numa poltrona. Sem pensar duas vezes, o gnomo subiu na escrivaninha dele.

De repente, um vento forte invadiu a sala, fazendo com que Téo caísse e o homem acordasse assustado. O gnomo se escondeu no primeiro buraco que encontrou: um porta-lápis de cerâmica. Quietinho, ele ouviu o homem resmungar:

— Nossa, já é noite! Dormi como um bebê. Aquele vinho é ótimo, mas me dá muito sono. Agora preciso terminar o trabalho.

Aquele simpático homem barbudo, como Téo logo viria a saber, chamava-se Samuel e criava histórias para crianças. A escrivaninha dele estava repleta de papéis, rabiscos, desenhos, enfim, uma bagunça deliciosa. Téo sentia vontade de pular ali e dançar, dançar, dançar muito, aprender um monte de coisas novas e...

Os pensamentos de Téo foram interrompidos por uma vozinha fina:

— Afinal de contas, quem é você, baixinho?

— Eu? Ora, eu sou o gnomo Téo da Floresta dos Troncos Amarelos — respondeu ele para o Lápis Grafite.

— Um gnomo? Era só o que faltava — comentou a Borracha.

— Ora, cale-se! — falou a Régua, que implicava sempre com a Borracha.

A Borracha não se deu por vencida e continuou:

— Mas o que um gnomo pretende fazer por aqui? Roubar nossa casa?

— Nada disso! Eu... eu... eu estava pensando em aprender algumas coisas — respondeu Téo.

— Que coisas? — disparou a Caneta Azul.

— A língua dos homens — disse o gnomo.

— Aprender para quê? — perguntou o Apontador.

— Ora, para entender as conversas dos caçadores e, assim, ajudar meus amigos, ler as placas e, quem sabe, aprender umas piadas — respondeu Téo.

— Piadas? É só você, com essas enormes orelhas de abano, se olhar no espelho que nem precisa de piadas! — falou o Lápis Grafite.

A risada foi geral no porta-lápis. Só o Lápis Amarelo ficou sério.

— Calem-se — disse ele. — Vocês querem que o visitante pense que somos um bando de mal-educados?

— Nós só estávamos brincando — respondeu o Lápis Vermelho.

— Brincando ou não, é bom vocês se comportarem — disse o Lápis Amarelo.

Voltando-se na direção de Téo, falou:

— Senhor gnomo, como guardião oficial do porta-lápis, eu declaro que o senhor pode ficar.

— Oba! Oba! — Téo pulava de alegria.

— Espere, espere, há uma condição: depois que tiver aprendido tudo, você deverá partir, deixando a coisa mais valiosa que possuir — observou o Lápis Amarelo.

Téo balançou a cabeça duas vezes para a direita e três vezes para a esquerda, como costumava fazer sempre que precisava pensar seriamente sobre algum assunto. Então, disse:

— Está bem, eu concordo!

As aventuras de Téo começaram naquele momento. Pegando carona com os lápis e canetas que o escritor ia usando, ele, que era

invisível para Seu Samuel, foi aprendendo as letras, as palavras, como se formavam as frases, depois as ideias e mensagens. Com o Lápis Azul, ele saía para colorir o céu e o mar. O Amarelo levava-lhe em viagens para dar vida ao sol, ao cabelo loirinho da garotinha e para pintar flores como o girassol. O Verde — muito em moda — levava Téo para colorir grama, lagos e árvores.

Dessa forma, rapidamente o gnomo se tornou amigo de todos os lápis. Logo, seria também das canetas. Agarradinho na Preta, ele percorria o papel, eufórico, pois era com ela que o escritor criava suas historinhas. A Vermelha, que no início era meio antipática, levava-o para sublinhar algumas palavras.

E foi assim que Téo acompanhou o nascimento de muitos livrinhos, logo que ele aprendeu a língua dos homens.

No porta-lápis, todos estavam felizes com o novo companheiro que lhes contava histórias de verdade sobre a floresta. Seu Samuel, mesmo não sabendo da presença de Téo, também se sentia muito bem. Passara a escrever mais e até os cochilos tinham diminuído um pouco.

Téo explicava aos amigos que isso acontecia porque os gnomos são seres mágicos: a sua presença basta para que coisas boas aconteçam.

A Régua implicava com a Borracha, dizendo que isso era papo furado. Mas, quem dava bola para a Régua?

Às vezes, Seu Samuel olhava com um carinho especial para o porta-lápis, como se desconfiasse de alguma coisa... Todos coravam de vergonha, especialmente Téo, que comentava:

— Ele sente a minha presença, só não consegue me ver.

No verão, Téo já sabia o alfabeto inteiro de A a Z, a hora certa de colocar um acento, quando era a vez do c, do s e do z. Sabia também porque se dizia "Adeus", "Muito prazer" e "Parabéns". E, ainda, o que eram aeronaves, foguetes, palácios e planetas. E... Chegara a hora de partir, voltar para a floresta, deixar o porta-lápis.

Téo se lembrou da promessa feita ao Lápis Amarelo: "Dar o que possuísse de mais valioso". Mas, o que poderia ser? O gorrinho, as botas, as calças? Talvez o pequeno anel de prata ou a fivelinha brilhante de seu cinto. Não, não eram preciosos o bastante. Além do mais, não poderiam ser repartidos entre todos os amigos. Téo balançava tanto a cabeça — duas vezes para a direita e três para a esquerda —, pensando e pensando, que todos os moradores do porta-lápis já estavam nervosos.

— Qual o problema? — perguntou a Caneta Preta.

— Eu não consigo descobrir qual é o bem mais valioso que posso deixar aqui, colocar numa caixa de presente, amarrar com uma fita porque...

— É invisível? — arriscou o Lápis Amarelo.

— Isso mesmo. Está dentro de mim. É tudo o que aprendi. Entende?

— Claro — afirmou o Lápis Amarelo, que era muito sábio.

Aproveitando que Seu Samuel saíra para cortar lenha, Téo montou na Caneta Azul e, graças a sua mágica, aterrissou num bloco de papel em cima da escrivaninha. Então, ele conduziu a caneta para que escrevesse. As letras foram preenchendo o papel branco lentamente. O que ele estaria escrevendo?

— Xi! Lá vem Seu Samuel. Rápido, Téo, para o porta-lápis — sussurrou a Caneta Azul.

Em poucos segundos, os dois estavam de volta! Foi um alívio geral.

Quando o escritor sentou-se, encontrou a folha sobre a escrivaninha. Nela estava escrito: "O porta-lápis encantado". Intrigado, ele comentou em voz alta:

— Engraçado, não me lembro de ter escrito isso. Preciso parar de beber tanto vinho. Bem, de qualquer forma, esse meu porta-lápis até que pode dar uma boa história. Às vezes, ele parece ser mesmo encantado!

Todos no porta-lápis concordaram que aquele era o mais valioso presente que poderiam ganhar. Até a Régua ficou muito feliz.

— Em breve, crianças do mundo inteiro vão conhecer o nosso porta-lápis — disse o Lápis Amarelo.

Em coro, as Canetas Azul, Preta e Vermelha falaram:

— E nós vamos ficar famosas!!!

Téo partiu, prometendo voltar na próxima primavera. Até lá, teria muito o que aprender e ensinar.